끊임없이
나는
흔들리고 있다

솔직히 나는 흔들리고 있다

2015년 7월 10일 처음 펴냄

글쓴이 · 이응인
펴낸이 · 김종필
디자인 · Gem   캘리그래피 · 박미실

인쇄 · 영신사 황경익(인쇄), 남필우(제본), 최광수(영업)
종이 · (주)한솔PNS 박태영
출고 반품 · (주)문화유통북스 박병례, 김수정, 임은정
사진 도움 · 이상범

펴낸곳 · 도서출판 나라말
출판등록 · 2012년 2월 7일 제25100-2012-31호
주소 · 121-888 서울시 마포구 합정동 443-5
전화 · 02-332-1446 전송 0303-0943-3110
전자우편 · naramalbooks@hanmail.net

ⓒ이응인, 2015

ISBN 978-89-97981-18-2 03810

도서출판 나라말은 말과 글이 하나되는 세상을 꿈꿉니다.

이 도서의 국립중앙도서관 출판예정도서목록(CIP)은 서지정보유통지원시스템
홈페이지(http://seoji.nl.go.kr)와 국가자료공동목록시스템(http://www.nl.go.
kr/kolisnet)에서 이용하실 수 있습니다. (CIP제어번호 : CIP2015017836)

솔직히
나는
흔들리고 있다

나라말

힘들고 외로운 시절,
시를 읽는 그대가 있기에

　여기 실린 시들은 제가 쓴 것이 아닙니다. 이른 아침 경운기를 몰고 밭에 나가는 할아버지, 호박죽을 문앞에 두고 간 이웃 아주머니, 송전탑 막으려고 산에서 떨고 있는 할머니들, 시도 때도 없이 길을 막아서는 개구리, 텃밭에서 만나는 뱁새, 딱새, 까치, 하루도 조용할 날이 없는 중학교 아이들…… 그들이 불러 주고 저는 받아 적었습니다. 그러니 그들이 이 시집의 주인공입니다.

　1부에는 내가 사는 마을과 이웃들, 산과 들, 꽃과 새와 열매, 생명이 출렁이는 모습을 담았습니다. 2부에는 밀양 송전탑 싸움 현장을 지키는 할머니, 할아버지들의 외침을 담았고, 3부는 하루가 다르게 자라는 아이들 모습과 학교 이야기입니다. 4부는 시골에서 혼자 있을 때 떠오른 짧은 생각들입니다. 5부에는 우리 가족들이 살아오면서 여기저기 찍어 놓은 발자국을 모았습니다.

내 말에 눈이 어둡기보다 남의 말에 귀가 밝아지고 싶습니다. 아이들 곁에서 빛나는 눈빛을 지켜 주고, 천천히 묵묵히 슬그머니 그들을 밀어주고 싶습니다. 시를 읽는 그대가 있어 세상이 더욱 밝고 아름답습니다. 서로 살펴 주는 따스한 눈빛이 없다면 이 힘들고 외로운 시절을 어찌 견딜 수 있겠습니까?

　전에 펴낸 시집에서 묵혀 두기 아까운 시를 몇 편 골라 손보고 다시 실었습니다. 시집 원고를 꼼꼼히 읽고 조언을 해 준 분들의 응원이 없었다면 이번 시집은 생각도 못 했을 겁니다. 게다가 나라말 출판사와 함께 하는 행운이 따랐습니다. 여러분을 만나러 세상에 나가는 시들에게 길게 휘파람을 불어 줍니다. 반가운 만남이 되길 빕니다.

밀양 화악산 자락에서

이응인

2부··· 솔직히 나는 흔들리고 있다

3부···우리 반 아이들

4부⋯한 줄 편지

5부··· 우주를 엿보다

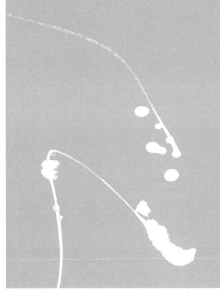

1부 세상의 중심

시

넥타이도
가방도 벗어던지고
알몸의 바람으로 내달리는,

세상의 중심

앞뒤로 이웃해 산다고
갓 찧은 햅쌀
문간에 두고 간 앞집 아지매

김이 모락모락 나는 찹쌀떡
제일 맛있는 고놈
한 골목 산다고 들고 온
정곡 아지매

익은 된장, 따끈한 팥죽
막 담근 김치 한 보시기
평상에 고이 놓고 간
지환이 할매

발자국 소리 듣고 자란
골목 은행나무는
빛나는 것들만 바닥에 깔아
여기가 세상의 중심인 양
표시를 한다.

손모가지

전봇대 까치집이 또 뭉개졌다.

털도 안 난 새끼 둘
향나무 아래 보듬어 누이고

쇠갈고리로 찍어 내린
그 놈의 손모가지도 곁에 묻는다.

옆집 소

제 새끼 떼어 보내고
사흘 밤낮을 우는 인간
여태 보질 못했건만.

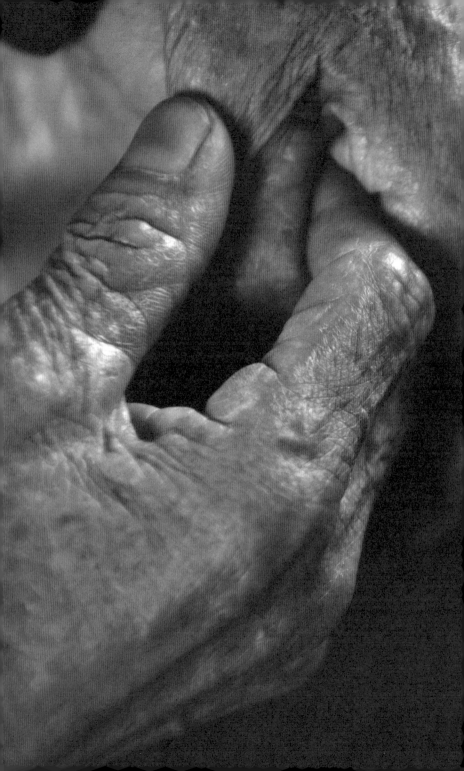

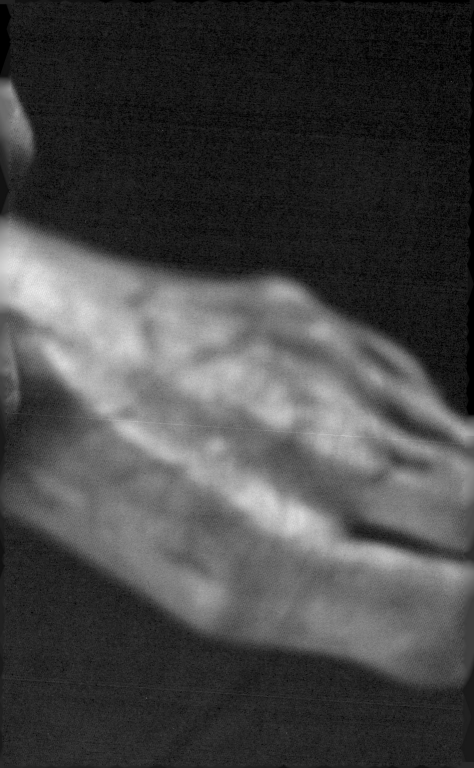

시골 버스

터미널을 나선 네 시 버스가
읍내를 벗어나나 했더니
갑자기 멈춰 선다.

'고장이라도 난 걸까?' 궁금해지는데
'보소 기사 양반 안 가고 뭐 하는교?'
재촉하는 사람 하나 없다.

둘레둘레 고개를 돌리니
보따리 인 할매가
저만치서 죽으라 달려오는데
어린 아이 걸음보다 더디다.

"누고?"
"뭘 이고 오노?"

할매가 간신히 버스에 오르자
그제야 움직이는 버스

"요새 버스 기사가

존 사람이 많더라고."
어느 할배 목소리에
이내 차 안이 환하다.

어데 내만 덥나?

무더위를 견디다 못해
만사 내던지고 집으로 오는 길
들에 나가시는 부북 할배를 만났다.

"이 더위에 어데 나가시는교?"
똥개처럼 혓바닥 늘어뜨린 나를 보고
지나가는 소리로 한마디 던지는데
"어데 내만 덥나?
맨 다 덥제."

콩을 가리다가

동글동글한 거, 길쭘한 거
노오란 거, 포르스름한 거
벌레 먹은 거, 갈라진 거
납작한 거, 구멍 난 거
쭈글쭈글한 거

겉똑똑이
새침데기
고자질쟁이
땅꼬마

밉상 아닌 게 하나도 없네.

봄의 ㅂ

웃자란 텃밭 시금치 다듬으며
봄이 오려나 하고
봄의 'ㅂ' 소리를 흉내 내려는데
어디선가
웅웅 웅웅
세상이 울린다.

처마 밑에 겨우 한 뼘
팥알만 한 회양목 꽃 무더기에
꿀벌이 몰려왔다.

바늘귀만 한 꽃에 입 맞추고
맹렬하게 봄을 빨아내는 벌들
그 곁에 산수유도 펑
터지기 직전이다.

눈치코치 없는
나만
늦다.
그래도 뭐 봄인걸!

유월 밤에

어둠이 마을을 에워싸자
개들도
텔레비전 뉴스도
뒷산 소쩍새도
입을 다물었다.

하늘과 땅 사이
온통
개구리 소리.

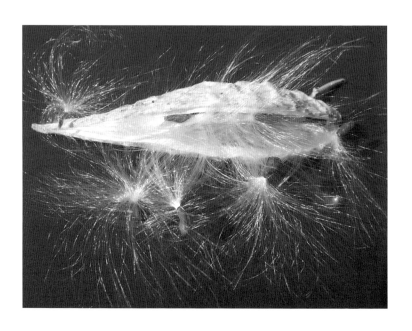

툭

입동 볕살에
늦은 콩깍지
터져
우주 밖으로
또 하나 우주가 튀는 소리,

듣는다.

툭!

혼자 뭐 하는교

오이와 가지 모종 물 주고
마루 끝에 앉아
소쩍새 소리에 운을 맞추는데
초닷새 달이 말을 겁니다.

보소,
거 혼자 뭐 하는교.

새들의 집

우리 동네서 식구가 제일 많은 집
동네방네 싸돌아다니다 떼 지어 돌아오면
쑥대강이 지붕이 흔들리는 집
빽빽한 기둥마다 층층이 침대 매달아
천장에서 달빛 뿌옇게 내려오는 집
아침이면 애 어른 없이 일 나가도
곳간 두드리면
텅, 텅, 텅-
비어 울리는 집
비 온다고 우산 쓰는 일 없고
뭘 배운다고 학교 가는 이 없는 집
면사무소에서 주민세 재산세도
내라 하지 않는 집
삐쭉빼쭉 지 맘대로라도
건축법, 문화재관리법에 걸리지 않고
바람 부는 대로 흔들리는 집
누구도 집이라 부르지 않지만
재잘재잘 웃음 끊이지 않는 집
우리 앞집 대밭
새들의 집.

벼 이삭은
—말복 지나며

벼 이삭은
더운 걸
참고
참고
또 참다가
더는 못 참겠다
이제는 정말 안 되겠다
할 때
세상으로 몸을 내밀어.

삼복 어느 날

"아이고 더워라."
집으로 돌아온 남편
찬물 끼얹고 밥 먹고
큰 대자로 늘어져
선풍기 아래서 낮잠 잘 때

빨래 널고, 설거지 마치고
땡볕으로 먼저 나가는 아내

젖은 수건 하나
선풍기 이마에
얹어 준다.

그런 줄도 모르고
곯아떨어진 사내.

동네 길

햇살 퍼지기 전
벌판 비닐하우스에서 시린 손 비비며
서릿발 위로 말아 올린 연기가
아침의 길이고요

어둑발에 동네 밥 짓는 연기
머리 풀어 대밭 아래 자욱한 게
저녁의 길이지요.

문상

장가도 안 간 앞집 큰아들이
얼마 전 교통사고로 먼저 떠났다.

장대비 쏟아지는 밤 병원으로 찾아가니
당뇨로 위태로운 아주머니는 병실에 눕고
아들은 지하 영안실에 누웠다.

앞집을 지나칠 때마다
길에서 마주치면 어쩌나
한번 찾아가 보나
머뭇거리는 동안
하루는 동네 남정네들이
어떤 날은 아지매들이 왁자하게 떠들었다.

혼자 있으면 새록새록 상처가 돋아나
얼마나 아플까 다 알고는
저렇게 문간에서까지 떠들고 놀아 준다.

새해 첫날

산으로 바다로
해맞이 간다고
고속도로 미어터지는데

털, 털, 털, 털
근동 양반 경운기
언 논에 거름을 부린다.

푸ㅡ
푸ㅡ
해보다 먼저
김이 솟는다.

민들레

맑은 날
초록 둑길에
뉘 집 아이 놀러 나와
노란 발자국
콕 콕 콕
찍었을까.

찌르레기 부부

부엌 환기통에 살림을 차린
찌르레기 부부.
어찌 사나 궁금해
신방을 엿보았다.

마른 잎으로 비단 금침 깔아
할부금 걱정도 없이
찌르르 자글자글
노래를 부르고 있다.

수박끼리

수박이 왔어요 달고 맛있는 수박이 왔어요.
김 씨 아저씨 1톤 트럭 짐칸에 실린 수박
저들끼리 얼굴을 부비며 하는 말.

  행님아, 밑에 있으이 무겁제. 미안하다. 괘안타, 그
나저나 제값에 팔리야 될 낀데. 내사 똥값에 팔리는
거 싫타. 내 벌건 속 알아주는 사람 있을 끼다 그자.
그래도 행님아, 헤어지마 보고 싶을 끼다. 간지럽다
코 좀 고만 문대라. 그래, 우리는 사람들 속에 들어가
서 다시 태어나는 기라.

가을 햇살

바람을 걸러 내고
또록또록 강물 소리
풀어 놓자
발목이 까매지도록 뛰어다니는 아이들.

그새 대추는 서너 놈씩
농부의 얼굴을 닮아 가고
담장에 매달린 호박
간이 부어
속에다 금덩일 키우네.

더는 못 참겠다
들판은 일제히 함성을 지르고

가을 햇살
환장할 일이네.

2부 | 솔직히 나는 흔들리고 있다

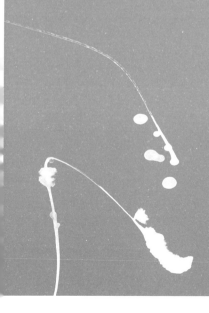

평밭 할매의 시

새벽밥 뜨는 둥 마는 둥
부리나케 산으로 달려가는
평밭 할매.
아름드리 서어나무 끌어안고
"미안하데이."
"정말 미안하데이."
중얼대며 떨고 섰다.

번득이는 톱날이 다가와
"할매, 다쳐도 책임 못 져요."
위협하면
"그래 이놈아! 내 다리부터 끊어라."
가로막는다.

나무와 몸을 맞대고
영하의 체온을 나누던
평밭 할매.
톱날이 점심 먹으러 간 사이
절룩이며 비닐 천막에 내려와
몸을 데우고 요기를 한다.

새로 지은 원자력 발전소
76만 5천 볼트 고압 전기를
먼 도시로 보내기 위해
아파트 40층 높이
송전탑이 들어설 자리.
나무를 베어 내고
산을 깎아 뭉갠다.

톱날이 몰려오는 소리
지싯골 할배도
도방동 할매도
뚝뚝 분질러지는 관절을 이어
허리 굽은 조선솔 끌어안는다.
굴참나무 앞을 막아선다.

화악산 너머
해가 꼴깍 넘어갈 때까지
평밭 할매는
서어나무 붙들고 몸을 비비며
시를 왼다.

"정신 차리레이."
"정신 차리레이."
"그래야 니도 살고
내도 산다."

문예지를 뒤적여
문학상으로 빛나는 시를
아무리 읽어 봐도
평밭 할매
서어나무와 몸을 나눈
그런 시는 보이지 않는다.

*평밭:밀양시 부북면 화악산 자락에 자리 잡은 한적하고 자그마한 산골 마을. 코
앞에서 76만 5천 볼트, 초고압 송전선 공사가 벌어졌다.

솔직히 나는 흔들리고 있다

　이 땅에서 먹고살기 힘들어 브라질 어디로 이민 간다는 소식 들으면 웃었다. 미친놈, 비행기 삯이 없어 못 가는 사람들 수두룩한데. 군사 독재 시절, 공포와 불안 때문에 이 땅에서 못 살겠다고 떠나는 사람들 우스웠다. 재산 처분해 살기 좋은 나라 미국, 캐나다로 떠난다는 소식 듣고 욕했다. 제 고향 땅 부모 형제 친척 버리고 그래 너만 떠나서 네 새끼들과 잘 먹고 잘 살아라. 그런 생각 했었다. 그런데 그런데 나는 흔들리고 있다. 북녘 동포들이 굶주림에 허덕이고 있는데, 어린 아이들이 죽어 간다는데, 같은 겨레끼리 한 끼 옥수수 죽이라도 먹게 해 주자는데, 이렇게 말하는 사람이 수상해지는 나라에 살면서, 솔직히 나는 흔들리고 있다.

생각해 보시라

싸움이란 건
가만 보면
힘센 아이가 제 힘 과시하는 거
이상도 이하도 아니다.
약한 아이가
제 힘 약하다는 거 알기 위해
싸우는 일은 없다.
얻어터져 상처 나는 걸
좋아하는 이 누가 있겠는가.

우스운 건
미국이 이라크를 공격해
컴퓨터 오락하듯 목표물을 명중시키며
최첨단 무기를 쏟아부으면
다 큰 어른들이
힘센 미국을 정의의 나라라 하고
얻어터진 이라크를
죽일 놈이라 욕해 댄다.

생각해 보시라

당신이
힘센 도둑한테 개 맞듯 맞았다면
누가 정의이고
누가 불의인가.

겨울 송전탑

칠팔십 노인들이
마을 뒷산에 천막을 쳤다.
늘그막에 무슨 호강인지
한겨울
거기서 먹고
거기서 잔다.

76만 5천 볼트
고압 송전탑이 서면
집이며 대추밭 밤밭이
쑥대밭이 되는데
제대로 보상도 없이
공사를 밀어붙인다.

여기서 더 살아
무슨 영화를 보겠나.
집이며 논밭이며
헐값에 처분하자니
살 사람이 없다.
이래 죽으나 저래 죽으나

죽기는 매한가지
송전탑 들어설 자리에
천막을 쳤다.

한전 사장이 온다는 간담회 갔다가
직원들에게 짓밟혀 병원으로 실려 가고
공사 방해로 고소당하고
손해배상 청구 들어오고
공사 인부에게 맞아 입원하고
잘려 나간 나무 곁에 허수아비처럼 나뒹굴고
하나 둘 차례로
경찰에 불려 가 죄인이 되고
그 사이 기온은
영하로 뚝 떨어졌다.

산 위에 바람 소리
무섭다.
산 아래 사람들
더 무섭다.

당신이
힘센 도둑한테 개 맞듯 맞았다면
누가 정의이고
누가 불의인가.

겨울 송전탑

칠팔십 노인들이
마을 뒷산에 천막을 쳤다.
늘그막에 무슨 호강인지
한겨울
거기서 먹고
거기서 잔다.

76만 5천 볼트
고압 송전탑이 서면
집이며 대추밭 밤밭이
쑥대밭이 되는데
제대로 보상도 없이
공사를 밀어붙인다.

여기서 더 살아
무슨 영화를 보겠나.
집이며 논밭이며
헐값에 처분하자니
살 사람이 없다.
이래 죽으나 저래 죽으나

죽기는 매한가지
송전탑 들어설 자리에
천막을 쳤다.

한전 사장이 온다는 간담회 갔다가
직원들에게 짓밟혀 병원으로 실려 가고
공사 방해로 고소당하고
손해배상 청구 들어오고
공사 인부에게 맞아 입원하고
잘려 나간 나무 곁에 허수아비처럼 나뒹굴고
하나 둘 차례로
경찰에 불려 가 죄인이 되고
그 사이 기온은
영하로 뚝 떨어졌다.

산 위에 바람 소리
무섭다.
산 아래 사람들
더 무섭다.

화악산 기념사진

　사진 잘못 나온 기 아입니더. 밀양의 진산이라 화악산에 그기 혹이 아입니더 쇠침입니더. 위양 평밭 할매 할배 몸으로 막던 자리에 인자 송전탑 꽂혔심더. 찌릿찌릿 76만 5천 볼트 전기 지져 대고 마 밤낮없이 윙윙 찔러 대마 다시 화악산 찾기 어려울 기구만요. 어른들은 철탑 뽑을 때까지 싸운다고 산을 끌어안고 계시는데 사진 버리지 마이소.

그래서 미워요
– 먼저 가신 이치우 어르신께

냉장고 텔레비전에다
전기 주전자
전기 샤워기, 전기보일러까지
전기라면
할아버지의 열 배 백배는 쓰는데
왜 저희를 꾸중하지 않고
스스로에게 벌을 내리셨어요?

학교에 가면
온풍기며 에어컨이며
팡팡 트는데
집집마다 가게마다
대낮에도 불을 밝히는데
송전탑 전기는
우리가 다 쓰는데
왜 할아버지가 가셔야 했어요?

고압 송전탑 빌딩처럼 솟으면
물놀이 오던 사람들도 끊기고
시골 음식점, 전원 마을 찾던 이도

차를 돌릴 터인데
제 발등에 불 아니라고
보고만 있는 이들 혼내지 않고
야단치지 않고
왜 할아버지 가슴에 불을 댕기셨어요?

핵발전소 세워 돈 버는 이 따로 있고
송전탑 세워 돈 버는 이 따로 있고
전기 팔아 돈 버는 이 따로 있는데
전자파에 목숨 위태로워지는 일은
왜 시골 할아버지 할머니가 당해야 하나요?

할아버지!
제 밥그릇만 챙기는 사람 혼내세요.
돈에 눈멀어 물불 안 가리는 사람
따끔하게 꾸짖으세요.
벌 받을 사람한테 매를 들어야지
왜 할아버지 자신을 벌하셨나요?

다 내 자식 같아서

귀염둥이 손자 같아서
혼내지 못하셨나요?
벌주지 못하셨나요?

우리만 두고 가면
이제 누구한테 잘못을 빌어야 하나요?
더는 부끄럽지 않은 모습
누구한테 보여 줄 수 있나요?
새까맣게 타 버린
할아버지 마음이야 왜 모르겠어요.
먼저 가신 할아버지
그래서 미워요.

*2012년 1월 16일, 76만 5천 볼트 밀양 송전탑 102번 공사 현장인 밀양시 산외면 보라마을에서 일흔네 살 이치우 어르신께서 한전 용역들의 폭력에 맞서 저항하다 당신의 몸에 휘발유를 부어 스스로 목숨을 끊었다.

살려 주세요

산속 움막에서
잠결에도 깜짝깜짝 놀라
식은땀에 젖는
밀양 송전탑 할머니들.

여기, 사람 있다고
여기 산골에 짐승이 아닌
사람이 살고 있으니
76만 5천 볼트 고압 송전탑은 안 된다고
아무리 소리쳐도 대답이 없어요.

돈 400만 원 줄 테니
이제 그만 하라고
마을에 몇 억씩 보상이 나간다고
한전은
돈, 돈, 돈만 말하는데….

억울하고 원통한 울음
아무도 귀 기울이지 않을 때
할매들은 죽고 싶다고 해요.

걱정 마세요
마을과 농토를 피해서 갈게요.
시간이 걸리더라도
땅속에 묻어 안전하게 할게요.
이렇게 따뜻한 말로
눈물을 닦아 주세요.

시골집에서 허리 굽은 할머니
농사일에 골병 든 할아버지를
벼랑 끝으로 몰아가지 마세요.

제 주머니 채우기 바빠
권력에 눈이 멀어
들풀처럼 약한 사람들 짓밟는
그런 정부 미련 없이 버려야 해요.

귀 좀 기울여 주세요.
산짐승 소리가 아니에요.
할머니들이 울부짖고 있어요.

이제 괜찮습니다
우리가 함께하겠습니다
손 좀 내밀어 주세요.
권력이야 없지만
따스한 가슴이 있잖아요.

산속에 갇힌
밀양 송전탑 할머니들
살려 주세요.

당신들은 이곳에
−용회동 101번 송전탑 움막에서

이 산 능선을 만든
땅속 바윗덩어리
소나무와 굴참나무
어느 하나라도
당신들이 이루어 놓은 것 있나요?

손톱 닳도록
돌멩이 골라낸 산밭
어깨 빠지도록
거름 져 나른 논밭
거기, 당신의 발톱 하나라도
묻어 놓았나요?

송전탑이 아니라
나무 말뚝 하나라도
꽂을 자격이 있나요?

영남루라니

그게 아마 고려 때지
김주라는 사람이 밀양 군수로 왔어
동헌의 동쪽을 보니 누각이 있어
올라가 보니 절경이거든
남천강 나룻배 물살 따라 건들대니
번득이는 강물은 들판으로 넘어가고
들판이 발 뻗은 곳 산들이 덮어 주네
근데 말이야 누각이 작고 낡았어
뜨거운 볕 들어오고, 비 내리면 마루가 젖어
군수가 새로 짓겠다고 나섰어
군수가 나섰는데 뭐 돈줄이야 안 있겠나, 음
근데 말이야, 대목이 있어야겠어
목수 중에 우두머리 말이야
사람들 말로는 있긴 있는데 다 죽어 간다는 거야
사람을 시켜 찾아가 보니 늙은 관노(官奴)였어
이 다 죽어 가는 노인이 그것도 천민인데
군수 부탁을 뿌리칠 수 있었겠나
소달구지 태워 진주 촉석루 가 보고
근동 좋다는 누각 다 보고 왔어
목수들한테 일 시키는 것 보소

자네는 운문산 가서 이런 이런 나무 살피고
자네는 가지산 가서 저런 저런 나무 챙기고
이 영감이 일 시작하고부터 달라졌어
조금씩 일어나 앉기도 하고
몇 발짝 걷기도 하는 거야
나무 베기 전에 절하고
나부 베어 놓고 절하고
고생고생 영남루 대들보 올라가니
젊은 놈들보다 더 팔팔해졌어
거기 풀어놓은 노비의 천형(天刑)
얼마인지 몰라
그래서 영남 제일의 누각이 된 거야
영남루라니, 함부로 부르지덜 말어.

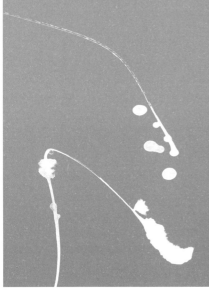

3부 | 우리 반 아이들

우리 학교 아이들

마을 입구 교회에는 민이가 살고요
연극촌 앞 가게는 호정이네 집이에요
아이들이 좋아하는 시내 돈가스 집은
현세 엄마가 하고요
문길이는 아내 친구의 둘째 아들이랍니다
탑마트 계산대에서 반겨 주는 사람은 경수 엄마고요
한길주유소에서 시원시원한 목소리의 주인공은
동환이 형이래요
부북농협에서 가장 예쁜 아가씨는
기원이 누난데요
집에 올 때 타는 버스는 민구 작은아버지가 몬답니다
참, 식당에서 먹는 향긋한 깻잎은
준걸이네 비닐하우스에서 키운 거래요.

쓸데없는 걱정

지각 안 하고
공부 잘하고
용돈 아껴 쓰는
그런 아이들만 있다면

청소 잘하고
예의 바르고
욕 안 하고
싸움도 안 하는
그런 아이들만 있다면

학교는 뭘 해야 하나?

성만이

학교 오는 날보다
안 오는 날이 훨씬 많은 성만이.

창원 어디로 전학 갔다 못 버티고
올해 다시 같은 반이 된 성만이.
어머니는 몸이 안 좋아 대학 병원 왔다 갔다 하고
멀리 일 나간 아버지는 얼굴 보기도 힘든
성만이는 갈 곳이 없다.

온종일 오락실도 지겨우면
훌쩍 밀양을 떠나기도 했다가
바람 쐬듯 상담 센터도 가 보고
교문 앞까지 떠밀려 학교로 와도
다들 학원 아니면 과외 가니
붙들고 말 붙여 볼 사람이 없다.

학생과 선생 사이

시험이 코앞에 닥치면
아이들은 부스스한 얼굴로 졸고
별것 아닌 일로 욕을 하고
단짝을 때리기도 한다.

그 무렵 교사들은
출제가 끝나 숨 돌리며
교과 진도를 접고
더러 자습을 시키면서
잠시 잠깐 표정이 살아난다.

서울내기

초등학교 3학년 때
전학 온 내 짝꿍
사근사근 서울말 까닭 없이 샘이 나
서울내기 다마내기
못되게도 괴롭혔지.

그땐 어찌 알았으랴,
엄마 잃고
할머니 손에 떨어진 아이인 줄.

빛나는 볼따구니

중학교 1학년짜리 선관이, 경훈이, 오석이가
아침이면 도서관 창가에 앉아
그림책을 읽습니다.
서류에는 학습 부진아라 올라 있는
생활 국어반 아이들입니다.
저들끼리 도서관 문을 열고 들어와서는
마음에 드는 그림책 하나씩 골라 들어
지 맘대로 책장을 넘깁니다.
그러다 내가 들어서면 한 녀석이
금방 본 책을 소리 내어 읽어 줍니다.
경훈이가 '똥떡'을 읽으면
코를 그러쥐고 고개를 외로 돌리기도 하고
선관이가 '지각대장 존'을 읽을 땐
"다시는 지각을 하지 않겠습니다."
따라 외우곤 합니다.
어쩌다 다른 일로 내가 늦으면
저희끼리 마주앉아
돌림노래 부르듯 한 쪽씩 읽어 나갑니다.
복도에서 가만 들으면
살아 우쭐대는 가락이 있습니다.

선관이 목소리를 넋 놓고 듣다가
그래그래, 나도 모르게 끄덕대며
추임새를 넣습니다.
좔좔좔 거침없이 흐르지는 못해도
더듬거릴 때마다 말들은
지느러미를 퍼덕거립니다.
오늘은 오석이 차렙니다.
'작은 생쥐와 큰스님'이라는
티베트 스님의 이야기를
또박또박 읽어 나가는데
고개가 끄덕여질 때마다
이상한 일이 일어나는 겁니다.
오석이의 볼록한 볼따구니가
번갯불 맞은 듯이
잠깐씩 빛나곤 하는 겁니다.
누에가 명주실 뽑듯
입에서 스멀스멀 살아 빛나는 저것들
나는 그만 아득해집니다.

미안하다

이 교정에 십 년 드나들었는데
한 번도 이름 불러 주지 못한
나무가 있었구나.
다독여 주지 못한
어깨가 있었구나.

완대 국민학교

털털거리는 신작로 옆
측백나무 울타리
완대 국민학교
내 삶은 거기서 시작되었다.

경남의 가장 끝
고제, 봉산, 무주로 가는 길목
급식 빵 나눠 주며
책 읽히던 여 선생님과
산그늘마다 붉게 웃던 진달래
거기서 시작이었다.

콜타르 칠한 목조 건물에 남긴 낙서와
운동장 버즘나무에 새긴 서툰 칼자국,
자전거 몰고 집으로 돌아가던
아버지 옛 동무이던 선생님과
끝없이 우리를 유혹하는
학교 포도밭에서부터 시작되었다.

먼 곳에 대한 동경이 노을처럼 펼쳐지고

어울려 싸돌아다니는 즐거움이 있는 곳.
모르는 사람 없이 이웃으로 만나는 곳.
내 삶은 거기서 시작이었다.

아버지와 우리 3형제가 졸업한
완대 국민학교.
밤이면 쌀알처럼 쏟아지던 별자리를
하나하나 짚어 주시던 선생님과 함께
시작되었다.

지금은 다들 떠나
언제 분교가 되고
문을 닫을지 모르지만
나는 늘 거기서 시작할 것이다
내 고향 마을
완대 국민학교.

줏대도 없이

중학교 1학년 아이들
돌 던지면 조용하다가
돌아서면 와글거리는
무논의 개구립니다.

이러다간 안 되겠어
버릇을 고쳐야지
독하게 맘먹고
피곤한 수업 마감합니다.

다음 날 아침
햇살 가득한 교실은
싱싱한 물비늘 번득이는 바다.
그 속에 헤엄치는 아이들 보면
내 결심
줏대도 없이 무너집니다.
그만 등이 간지러워집니다.

그 얼굴

목련이 필 때는 잊고 있었는데
아까시 꽃 지고 찔레꽃 피면
늘 싸우고 울고 웃던
초등학교 때 계집애들 생각납니다.

몇은 겨우 중학교 갔다
신발공장, 모직공장으로 헤어져
남편 작업복 빨고 애들 도시락 싸며
치다꺼리하고 있을 아지매들 생각납니다.

산골에서 나서 산골을 못 벗어나
보리타작하고 모심고
소 키우랴 돼지 돌보랴
시어른 모시고 살아가는 아지매들
그을린 얼굴과
그 까만 눈의 자식들 생각납니다.

발길 닿는 어디에나
피는 찔레꽃 보면
금방이라도 물을 것 같습니다.

－오메, 니 오릿골 거시기 아이가!
내 모르것나?

눈도 꿈쩍 안 하네

환경미화 한다고
대환이가 가져온 춘란
교실 한쪽에 두었더니
하루를 못 넘겨
박살이 났네.

깬 놈이 미안했던지
화분을 갈았는데
며칠 못 가
방방 뛰는 농구공에
산산조각 났네.

네 번을 부수고도
눈도 꿈쩍 안 하네
우리 반 아이들.

직원회의 시간이면
교무실 코앞에 와서
고함치는 놈, 욕하는 놈
표정까지 또렷이 그려지네
우리 반 아이들.

고백

까진 아이가 좋다.
학교가 갑갑하다고 소리치는 아이
시키는 대로 하는 기계가 아니라고 대드는 아이
교과서가 왜 이리 지긋지긋하냐고
구겨 버리는 아이
남이 친 장단에 춤추지 않고
제 발 장단에 흥겨운 아이.

발랑 까진 아이가
좋다.

푸른 아이들

수업 끝나고
중학교 아이들
운동장에 가득합니다.
축구공 하나로
죽을 둥 살 둥 몰려다닙니다.
"맹구야 이리 이쪽으로
빙신아 차라 안 카나."
러닝만 입고
뛰어다니는 아이들 보면
나는 푸른 숲에 서 있습니다.
온몸이 간지럽습니다.
도무지 돌아갈 생각도 않다가
기어이 서편 하늘에 불을 지르고야
집으로 향하는 아이들.

도대체

지각해서 벌 받고
떠들다가 뺨 맞고
수업 시간마다 꾸중 듣는 너

– 넌 도대체 뭐가 되려고 그러냐?

잔소리를 하고 매를 들고
꾸짖기만 하는 내게
문득 물었다.

– 넌 도대체 뭐가 되려고 그러냐?

4부 | 한 줄 편지

가만히 들여다보면

꽃이 아닌 잎이라도
떨어져 멍든 열매라도
가만히 들여다보면
그 속에 또 꽃이 있다.

사람

지위가 높아 갈수록
입이 가벼워질수록
손발이 편할수록
한 곳에 오래 머물수록
멍청해진다는 걸 모르는,

멍청하게

내 게으른 걸음이 시가 된다고 생각한다.
걷다가 잠시 멈추어 들판의 끝을 보거나
자운영 가득한 논들에 서거나
철없이 흐르는 물소리에 말대꾸하거나
그 순간 시가 된다고 생각한다.
들판이, 자운영이, 물소리가 나를 가득 채워서
내가 최대한 멍청해질 때
시가 된다고 생각한다.
멍청하게.

새들에게

알려 다오,
뒷밭 오디 따 먹고
수돗가에 똥 싼 놈은
뉘 집 아인지?

마중

겨울밤
어두운 골목 오를 때
떼그르르
아는 체하는
마른 나뭇잎 하나.

가을 햇살

무얼 해도 아까운

초승달

차 시간에 쫓겨 일어설 때
자네가 건네던 잔

어두운 구름바다 헤치고
우리 집까지 따라왔네.

요즈음

별들에게 인사는 하고 지내십니까?

얼굴

꽃이 피고
잎이 나와
세상 아름답지.

꽃과 잎 밀어 올린
뿌리가 있어
더욱 아름답지.

쑥국

세상에 나온 지
닷새도 안 된 것들
육신공양

뜨겁다.

그러고도

향기도 없고
이름도 없습니다.
이름이 없으므로
누구 하나
불러 주지 않습니다.
그러고도 그것은
세상에 가득 차고 넘쳐
없는 곳이 없습니다.
가장 소중한 것은
그렇습니다.

작약

정곡 아지매는 뒷산으로 떠나고
그 집 마당에서 옮겨 심은 작약이
무심히 고개를 내밀었습니다.

지구의 중심

어두워지면 별이 송송 뜨는
신기한 지구의를 샀다.

지구의는 작은애 방으로 가고
빈 상자에 신문지 넣어
문 앞에 두었더니
고양이 하늘이가
어린 자식 셋을 데려와
상자 안에 볼을 맞대고 옹그렸다.

지구의 체온이
영하 육 도까지 내려간 밤
지구의를 들어낸 하늘이네 방은
지구의 중심
빙그르르 새벽을 향해 돈다.
꿈결같이 보드라이
부스스 털이 인다.

간간이
어린 것 젖 빠는 소리
별이 깜빡깜빡한다.

내 시는

종일 땀 흘린 사람들
발에서 나는
꼬랑내이고 싶다.

맑은 날
알몸으로
목숨껏 땅 두드리는
우박이고 싶다.

저녁답
판자촌
콸콸 흐르는
개숫물이고 싶다.

골목마다 퍼지는
악다구니이고 싶다.

5부 | 우주를 엿보다

우주를 엿보다

늦잠 자는 아내를
깨울까 말까

우주를 건드리는 일은
아무래도 조심스럽다.

지동 할머니

마을 어귀에서
어린 손자 업고
오십 년 가까이
버스를 기다리던 지동 할머니,
이제야 우주로 보내 드린다.

끌려가면서 끌려가지 않네

소 한 마리
트럭에 실려
어디론가 떠나네.
흔들릴 때마다
미끄러지고 비칠대다
고갯길에서 기어이
넘어졌네. 넘어져
눕지 않고 다시 일어서네.

도살장으로 가
몇 시간 뒤 벌건
고깃덩이가 될지 모르는데도
바닥에 엎드려 편안함을 구하지 않고
넘어질 때마다 다시 서네.
저 소 한 마리
끌려가면서
끌려가지 않네.

이 무슨 난리고

솔이는 아직도 화장실에 있나?
세울아, 몇 번이나 말하노
얼른 세수하고 옷 입어라.
당신은 또 그 옷이요
좀 알아서 바꿔 입으소 제발.
세울아, 형 지각해도 난 모른다.
당신, 얼른 시동 걸어 놓고
하늘이 구름이 밥 좀 갖다 주소.
솔아, 우리는 나간다.

세상에, 아침마다 이 무슨 난리고.

세상 모르고

햇살 노곤한 토요일
두 살배기 침흘리개 세울이는
집안 난장판으로 만들어 놓고
세상모르고 낮잠을 잡니다.
그 다디단 꿈자리 한편에다
나도 어지럽던 하루 던져 놓고
눕습니다.
침 좀 흘리면 어떻습니까?

할머니 가신 뒤

할머니 가신 뒤
함부로 보이는 게 하나도 없네.
첩첩 산에 묻힌 고향 마을
병풍처럼 감싸는 대숲이며
너무 늙어 버린 어른들
동네를 가로지르는 도랑물 하며
그냥 보이는 게 하나도 없네.
선산에 할머니를 누이고 돌아서는 길
밤이면 마을로 내려서는 바람 소리며
돌담 하나하나에 녹아든 어릴 적 숨결이며
굽은 솔이 선산 지킨다는 그 말씀까지
그냥 들리는 게 하나도 없네.
지금은 낯선 사람이 살고 있는
내 어릴 적 놀던 집
장독대, 배나무, 무섭던 뒷간까지
함부로 보이는 게 하나도 없네.
채석장이 들어서
깨져 버린 앞산의 이마까지.

어머니

여든한 해
비바람 불었네
그 흔한 파마머리도 하지 않으시고.

어두운 곳만 골라
-단장면 사촌 진달래

내가 좋아했던 계집애들은
고관의 부인도 못 되고
사장 사모님 소리도 못 들었네.
농사일 안팎으로 시달리다가
속울음 붉게 삼키기도 하지만
해질 무렵이면 논밭에서 돌아와
아궁이에 따뜻한 밥 안치고
마루에 환히 불 밝히네.

돌들은 아름답다
—삼랑진 만어사(萬魚寺)

동해 물고기들 떼로 몰려와
부처님 설법 들었다는 만어사
물고기들 지금은
돌이 되어 있습니다.

수업 끝 종 기다리는 아이들처럼
벌렁 드러누운 녀석
옆엣놈 꼭꼭 찌르며 장난치는 녀석
입 가리고 키득거리는 놈
침 흘리며 곯아떨어진 놈
통통통 종소리 흉내 내는 녀석
중생도 깨달음도 따로 없네요.

이런 녀석들도 소풍날이면
새벽같이 일어나
보리밥 한 덩이 감자 몇 알로
자성산을 넘을 것입니다.
그 속에 철부지 검정 고무신 나도 끼어.

시

쓰레기인 줄 모르고
여기저기 흘린,

곁을 내준 자리에서 길어 올린 시

박일환(시인)

1. 아, 밀양!

오래전에 〈밀양〉이라는 제목을 단 영화를 보았지만 그곳에 직접 가 보게 되리란 생각은 그다지 해 보지 못했습니다. 저 멀리 남쪽에 붙어 있는 소도시가 나하고 인연을 맺게 되리라는 짐작이 서지 않았던 탓이지요. 더구나 박가 성을 가진 내가 그 흔하다는 밀양 박가가 아니라 순천 박가라는 사실까지 덧붙여 놓고 생각해 보면 특별히 밀양에 관심을 가질 이유가 없기도 했습니다.

그런 밀양을 근자에 두 번 가 보았군요. 한 번은 송전탑 저지 싸움을 하는 밀양의 할매 할배들을 만나러 '희망버스'를 타고 갔는데, 거기서 모처럼 이응인 시인을 만나 송전탑 싸움에 얽힌 뒷이야기들을 전해 듣기도 했습니다. 정부가 돈으로 가까운 이웃은 물론 친족들마저 이간질시키고 있다는 소식에 한탄과 분노가 함께 밀려오던 기억이 납니다.

또 한 번은 나와 동갑내기인 부산의 조향미 시인이 뒤늦게 밀양에서 혼례를 치른다고 하여 축하의 마음을 전하기 위해 다녀왔습니다. 감물이라는 마을에서 생태 학습관을 짓는 일에 힘을 보태던 중 아예 그곳에 눌러 살 셈으로 자신의 집 한 채를 올리다가 그만 시를 좋아하는 목수와 눈이 맞았다는 아름다운 이야기의 주인공이기도 하지요. 또한 밀양에는 내가 친애하는 이계삼 선생이 있는 곳이기도 하고. 그래서 이제는 밀양 하면 참 친숙한 고장 이름이 되었습니다. 물론 친숙함이라는 말 속에는 힘겹게 송전탑 싸움을 이어 가고 있는 어르신들의 아픔이 함께 묻어 있기도 합니다. 그런 밀양 땅에 살고 있는 이응인 시인이 고난 받는 어르신들의 삶을 받아 적는 일은 아주 당연한 일이 아닐 수 없습니다.

> 새벽밥 뜨는 둥 마는 둥
> 부리나케 산으로 달려가는
> 평밭 할매.
> 아름드리 서어나무 끌어안고
> "미안하데이."
> "정말 미안하데이."
> 중얼대며 떨고 섰다.
>
> …중략…
>
> 톱날이 몰려오는 소리
> 지싯골 할배도
> 도방동 할매도

뚝뚝 분질러지는 관절을 이어
허리 굽은 조선솔 끌어안는다.
굴참나무 앞을 막아선다.

화악산 너머
해가 꼴깍 넘어갈 때까지
평밭 할매는
서어나무 붙들고 몸을 비비며
시를 왼다.

"정신 차리레이."
"정신 차리레이."
"그래야 니도 살고
내도 산다."

문예지를 뒤적여
문학상으로 빛나는 시를
아무리 읽어 봐도
평밭 할매
서어나무와 몸을 나눈
그런 시는 보이지 않는다.

－〈평밭 할매의 시〉 부분

이응인 시인에게는 세상에서 벌어지는 일, 다시 말해 정치

나 경제 등과 관련해서 수시로 일어나는 커다란 사건들을 시에 끌어들이는 일이 많지 않은 편입니다. 관심이 없거나 울분에 찬 목소리를 내는 법을 몰라서가 아니라 그런 일 말고라도 시인의 주변에는 제발 시로 적어 달라고 말을 걸어오는 존재들이 널려 있기 때문일 겁니다. 그런 것들은 대체로 작고 여리며, 다른 이들의 눈길을 제대로 받아 본 적이 없는 존재들입니다. 그들이 건네는 말을 제대로 알아들을 줄 아는 시인이 그리 많지 않기에 이응인 시인은 귀를 열고 낮은 곳에서 속삭이는 말들을 부지런히 따라다닙니다.

그런 이응인 시인이 이번 시집에는 송전탑 싸움을 다룬 시편들을 상당수 실어 놓았습니다. 밀양에서 천 리나 먼 곳에 사는 나에게도 밀양 어르신들의 목소리가 들려 몇 편의 시를 끄적이기도 했는데, 바로 곁에서 어르신들의 비통한 눈물을 수시로 마주쳐야 하는 시인이 그분들의 목소리를 어찌 받아 안지 않을 수 있겠는지요. 보상금으로 모든 것을 해결하려는 정부와 한전은 인간과 자연에 대한 이해가 모자라도 한참 모자랍니다. 아니 그들의 절규를 애써 들을 필요를 느끼지 못할 만큼 철저하게 자본의 습성에 물들어 있습니다. 그런 악독한 자들에게 둘러싸인 밀양의 어르신들이 계절을 가리지 않고 산에서 먹고 자며 투쟁을 이어 온 것은 실로 눈물겨울 뿐만 아니라 장엄하기까지 한 일입니다.

밀양의 어르신들이 10년 동안 포기하지 않고 싸움을 이어 온 동력은 과연 어디에서 나오는 걸까요? 보통 사람들은 헤아리기 어려운 그 힘의 원천이 위 시에 잘 나타나 있습니다.

'서어나무 끌어안고' 연신 '미안하데이'를 외는 평밭 할매에게 자연과 인간은 그 자체로 하나입니다. 도저히 떼어 놓고 생각할 수 없는 관계인 탓에 서어나무에게 정신 차리라고, 그래야 우리가 같이 산다고 말을 건넬 수 있는 겁니다. '문학상으로 빛나는 시'가 도저히 따라올 수 없는 시적 경지에 도달해 있는 평밭 할매야말로 이응인 시인에게 시를 가르쳐 주는 진정한 스승인 셈입니다.

이응인 시인은 그동안 밀양 송전탑 싸움의 절박함과 진실을 알리기 위해 〈오마이뉴스〉, 〈한겨레신문〉, 〈말과 활〉, 〈작은 책〉 등 매체를 가리지 않고 많은 글을 썼습니다. 때로는 시로, 때로는 산문으로 엮어 낸 시인의 글들은 지금도 인터넷에서 검색만 하면 금방 찾을 수 있습니다. 그런 흔적을 따라가다 보니 이번 시집에 싣지 않은 시들도 여러 편 보이더군요. 시인이 쓴 산문 중에서 한 대목을 따라 읽어 볼까요?

형님, 이 싸움을 할아버지 할머니들이 하지 않고 젊은 우리들이 했다면 벌써 무너졌을 것입니다. 어르신들은 자신이 깨우쳐 아는 만큼 매일매일 실천하며 7년 동안 싸워 왔습니다. 이제 그분들은 보상의 문제를 떠났습니다. 송전탑 문제의 근원이 핵발전에 있다는 것을 스스로 몸을 부딪쳐 분명하게 깨달은 것입니다.

형님, 전기는 대도시에서 대량으로 소비하고 있습니다. 핵발전에 따른 장거리 송전은 눈에 보이지 않는 많은 이들의 희생 위에서 있습니다. 도시의 현란한 불빛 뒤에는 산골 할아버지 할머니들의 생명줄이 걸려 있고, 그 뒤에는 핵발전소를 짓고 유지하면서 이익을 챙기는 건설 재벌들과 한전이 버티고 있습니다. 우리가 이런 불편한 진실을 피해 가려고 할 때, 밀양 산골의 어르신들은 산에서 먹고 산에서 자면서 핵발전소를 막고 있는 것입니다.

−〈어린이와 문학〉 2012년 5월호에서

'젊은 우리들이 했다면 벌써 무너졌을 것'이라는 진단 앞에서 우리 모두는 부끄러움을 느껴야 합니다. 그리고 머리 숙여 밀양의 어르신들께 죄송함과 고마운 마음을 전해야 합니다. 밀양의 송전탑 싸움이 있었기에 지금은 제법 많은 이들이 핵발전의 위험에 대해 깨달아 가고 있는 중입니다. 그러므로 밀양의 어르신들은 지금 한국 사회가 지닌 모순의 최전선에 서 있다고 해도 틀린 말이 아닐 겁니다.

여기, 사람 있다고
여기 산골에 짐승이 아닌
사람이 살고 있으니
76만 5천 볼트 고압 송전탑은 안 된다고
아무리 소리쳐도 대답이 없어요.

−〈살려 주세요〉 부분

'용산참사'가 일어났을 때 많은 이들이 슬퍼하고 분노했습니다. 사람을 불에 태워 죽여 놓고도 뻔뻔하기 짝이 없는 국가 권력의 실체를 접하고 부르르 몸을 떨어야 했습니다. 그 직후 자본의 이해만 앞세운 무분별한 재개발 문제와 철거민들의 삶을 다룬 르포들을 모은 ≪여기 사람이 있다≫(삶이보이는창, 2009)라는 제목의 책이 나온 바가 있습니다. 사람을 보지 못하는 국가와 자본을 향한 외침이 담겨 있는 책입니다. 하지만 그 후에도 국가 권력의 횡포는 그치지 않고 있습니다. 그래서 똑같은 외침이 밀양의 산골짜기에서도 터져 나오게 된 거지요. 우리가 심장을 가진 인간이라면 '여기, 사람 있다'는 호소에 귀 기울여야 할 의무가 있습니다.

2. 마음이 놓이는 자리

밀양은 흔히 말하는 변방에 속하는 곳입니다. '변방'을 사전에서는 '중심지에서 멀리 떨어진 가장자리 지역'으로 풀이해 놓고 있군요. 중심지와 변방을 대립항으로 설정해 놓는 사고로부터 우리는 얼마나 자유로운 걸까요? 변방보다 중심을 우선하는 인식이 핵발전소와 송전탑 같은 위험 시설을 변방에 밀어 넣고 그에 따른 혜택은 중심을 자처하는 대도시들이 누리는 상황을 만든 거겠지요. 우리가 사는 세상에서 과연 어디가 중심인 걸까요? 아니 어디가 중심이 되어야 하는 걸까요? 시인은 중심의 개념을 바꿔 놓고 싶어 합니다.

앞뒤로 이웃해 산다고

갓 찧은 햅쌀

문간에 두고 간 앞집 아지매

김이 모락모락 나는 찹쌀떡

제일 맛있는 고놈

한 골목 산다고 들고 온

정곡 아지매

익은 된장, 따끈한 팥죽

막 담근 김치 한 보시기

평상에 고이 놓고 간

지환이 할매

발자국 소리 듣고 자란

골목 은행나무는

빛나는 것들만 바닥에 깔아

여기가 세상의 중심인 양

표시를 한다.

-〈세상의 중심〉 전문

　　이 시에 나오는 아지매와 할매들이 '세상의 중심'이 되면
안 되는 걸까요? 중심(中心)이라는 말에는 마음 심(心)자가
들어 있습니다. 그래서 저는 '중심'을 '마음이 놓이는 자리'라
고 멋대로 풀이하곤 합니다. 가진 것을 이웃과 나누고자 하
는 아지매와 할매들의 마음이 놓인 자리, 그곳이 바로 세상
의 중심이어야 한다는 시인의 전언에 고개를 끄덕이게 됩니
다. 도시에 사는 잘난 것들, 많이 배운 것들, 높은 자리에 있

는 것들이 만들어 놓은 세상이 과연 아름답던가요? 쉬 고개
를 끄덕이기 힘든 세상에서 우리는 살고 있습니다. 그래서
시인은 이렇게 말하기도 합니다.

> 지위가 높아 갈수록
> 입이 가벼워질수록
> 손발이 편할수록
> 한 곳에 오래 머물수록
> 멍청해진다는 걸 모르는.

―〈사람〉 전문

우리가 사는 세상에는 스스로 멍청하다는 걸 모르는 사람
들이 너무 많습니다. 그런 사람일수록 오히려 잘난 체를 하
고 큰소리를 칩니다. 남을 몰아세우는 일에만 익숙하고 어떻
게 하든 자기 것만 챙기려는 그들에게 다음과 같은 풍경은
낯설기만 할 겁니다.

> 터미널을 나선 네 시 버스가
> 읍내를 벗어나나 했더니
> 갑자기 멈춰 선다.
>
> '고장이라도 난 걸까?' 궁금해지는데
> '보소 기사 양반 안 가고 뭐 하는교?'
> 재촉하는 사람 하나 없다.

둘레둘레 고개를 돌리니
보따리 인 할매가
저만치서 죽으라 달려오는데
어린아이 걸음보다 더디다.

"누고?"
"뭘 이고 오노?"

할매가 간신히 버스에 오르자
그제야 움직이는 버스

"요새 버스 기사가
존 사람이 많더라고."
어느 할배 목소리에
이내 차 안이 환하다.

<《시골 버스》 전문>

　시골 버스에는 당연히 시골 사람이 타겠지요. 지하철을 타
는 도시 사람들의 시간이 있고, 시골 버스를 타는 시골 사람
들의 시간이 있습니다. 지하철은 정해진 시간 이상을 기다려
주지 않습니다. 혹여 늦게 출발하거나 잠시 연착이라도 하면
여기저기서 불만의 소리가 터져 나옵니다. 심하면 역무원들
에게 거친 항의를 퍼붓기도 하지요. 하지만 위 시에 나오는
시골 사람들은 불만은커녕 '저만치서 죽으라 달려'온 '보따

리 인 할매'를 기다려 준 기사를 칭찬합니다. 우리는 지금 어떤 시간을 살고 있는 걸까요? 도시 사람들의 시간과 시골 사람들의 시간 중에 어떤 시간이 더 인간다운 삶을 가능케 하는 시간인지에 대해 굳이 사족을 달 필요는 없을 겁니다. 다만 시골 사람들의 시간은 그들이 서로 관계 맺는 방식에 의해 형성된 것이라는 사실 만큼은 짚고 넘어갈 필요가 있습니다.

마을 입구 교회에는 민이가 살고요
연극촌 앞 가게는 호정이네 집이에요
아이들이 좋아하는 시내 돈가스 집은
현세 엄마가 하고요
문길이는 아내 친구의 둘째 아들이랍니다
탑마트 계산대에서 반겨 주는 사람은 경수 엄마고요
한길주유소에서 시원시원한 목소리의 주인공은
동환이 형이래요
부북농협에서 가장 예쁜 아가씨는
기원이 누난데요
집에 올 때 타는 버스는 민구 작은아버지가 몬답니다
참, 식당에서 먹는 향긋한 깻잎은
준걸이네 비닐하우스에서 키운 거래요.

―〈우리 학교 아이들〉 전문

인드라망이라는 어려운 말을 끌어들이지 않더라도 이 세상을 살아가는 사람들은 서로 그물처럼 얽혀 있습니다. 그러한 관계를 부담스러워하고 가능하면 자기만의 공간을 추구하는 게 도시 사람들의 삶입니다. 그래서 도시 사람들은 다른 사람들과 섞여 있으면서도 외로워하지요. 그에 반해 시골 사람들은 여전히 이웃과 서로 얽히고 이어진 관계를 유지하고 있습니다. 물론 요즘은 시골에도 자본주의의 입김이 많이 스며든 탓에 예전 시골 같지 않다는 말이 나오고는 있지만 그래도 아직은 도시 사람들에 비해 이웃끼리 서로 곁을 내주며 살아가고 있습니다.

이러한 관계를 잘 보여 주는 시가 바로 위에 소개한 〈우리 학교 아이들〉입니다. 인간은 사회적 동물이라는 말을 저는 '관계 맺는 인간'이라고 해석을 하고 싶습니다. 인간은 관계를 떠나서는 존재할 수 없다는 사실을 잊지 말아야 합니다. 그러할 때 나는 너가 되고 너는 나가 되는 거겠지요. 그래야 내가 넘어지면 네가 일으켜 주고, 네가 넘어지면 내가 일으켜 주는 아름다운 세상을 꿈꿀 수 있는 것이겠고요. 한 사람 한 사람이 저마다 세상의 중심이고, 그러한 중심과 중심이 서로 관계를 맺으며 얽혀 있는 삶이야말로 우리가 회복해야 할 '오래된 미래'일 겁니다.

3. 가만히 들여다보는 일

꽃이 아닌 잎이라도
떨어져 멍든 열매라도

가만히 들여다보면

그 속에 또 꽃이 있다.

-〈가만히 들여다보면〉전문

가만히 들여다보면 보입니다. 가만히 귀를 기울이면 들리고요. 시는 귀와 눈과 코와 혀로 잡아낸 것들로 이루어져 있습니다. 귀와 눈과 코와 혀로도 잡아내지 못하는 건 마음으로 잡아냅니다. 같은 사물, 같은 사건이라도 어떤 사람은 보고 어떤 사람은 보지 못합니다. 보지 못하는 사람은 볼 마음이 없거나 자신이 보고자 하는 것만 보려 하기 때문입니다. 설령 보았다고 해도 그냥 보기만 했지, 멈춰 서서 '가만히 들여다보'지 않았기 때문입니다. 시인은 '가만히 들여다보면' 보인다고 말합니다.

'잎'이나 '멍든 열매' 속에서 '꽃'을 볼 줄 아는 눈을 기르기는 쉽지 않습니다. 훈련이 필요하지요. 여기서 말하는 훈련이란 특별한 게 아닙니다. 자신을 둘러싸고 있는 것들에게 자신의 마음을 내주는 것입니다. 그렇게 마음을 내주면 사물과 풍경은 다시 그 마음을 타고 돌아옵니다. 이응인 시인의 시들을 읽다 보면 자신의 마음을 내주는 훈련이 몸에 배어 있음을 알 수 있습니다. 그런 시인조차 다음과 같은 반성문을 쓰기도 하는군요.

이 교정에 십 년 드나들었는데

한 번도 이름 불러 주지 못한

나무가 있었구나.

다독여 주지 못한

어깨가 있었구나.

미안하다고 해야 하는 상황에서 그 말을 하지 못하는 사람들이 있습니다. 지난해에 일어난 세월호 참사만 생각해 봐도 그렇습니다. 많은 국민들이 미안하다고, 잊지 않겠다고 말했습니다. 하지만 정작 미안하다고 해야 할, 높은 자리에 앉아 있는 사람들은 그런 말 대신 이제 그만하자는 말을 꺼내 놓습니다. 미안해 할 줄 아는 마음을 갖고 있지 못한 탓입니다. 미안하다는 말을 꺼내 놓을 경우 그 말에 따르는 책임이 두려워서 그런지도 모르겠습니다.

미안하다는 고백을 할 줄 모르는 사람은 자신을 돌아보기를 두려워하는 사람입니다. 자신을 돌아보는 일, 흔히 성찰이라고 하는 행위 없이는 온전한 인격의 성장이 있을 수 없습니다. 그리고 성찰은 삶이 끝날 때까지 멈추지 말아야 합니다. 돌아보며 나아가는 길, 그런 삶의 궤적을 이어가는 시간 속에서 탄생한 시라야 다른 이의 마음에 가 닿을 수 있습니다. 그렇게 다가온 시를 독자가 접하게 될 때 혹시 '한 번도 이름 불러 주지 못한' 존재가 자신의 곁에 있지는 않은지 돌아보며 생각하게 될 겁니다.

귀 기울여 듣고 때로는 서로 대화를 나누기도 하는 일들이 모두 같은 맥락을 지니고 있습니다. 시인은 '입동 볕살에/늦은 콩깍지/터져/우주 밖으로/또 하나 우주가 튀는 소리'(《툭》)를 듣기도 하고, '뒷밭 오디 따 먹고/수돗가에 똥 싼 놈은/뉘 집 아인지'(《새들에게》) 새들에게 묻기도 합니다. 심지어 '초닷새 달이' 시인에게 '보소/거 혼자 뭐 하는교'(《혼자 뭐 하는교》)라고 말 걸어오는 소리를 듣기도 하는군요. 그냥 지나치지 않고 멈추어 설 때, 멈추어 서서 가만히 들여다보거나 귀를 기울이고 대화를 나눌 때 시는 찾아옵니다. 그래서 시인은 다음과 같이 말합니다.

> 걷다가 잠시 멈추어 들판의 끝을 보거나
> 자운영 가득한 논들에 서거나
> 철없이 흐르는 물소리에 말대꾸하거나
> 그 순간 시가 된다고 생각한다.
>
> -〈멍청하게〉 부분

4. 줏대 없는 교사로 살기

이응인 시인은 밀양에서 28년째 아이들을 가르치는 교사로 살아가고 있습니다. 그러니 삶의 대부분을 차지하는 학교생활을 다룬 시가 없을 리 없지요. 이번 시집뿐만 아니라 그동안 펴낸 시집들에서도 학교에서 만나는 아이들에 대한 이야기가 상당한 분량을 차지하고 있었습니다.

'누가 봐도 천상 교사'라는 말을 하게 되는 경우가 있지요.

이응인 시인이 쓴 시들을 살펴보면 그 말이 딱 맞겠다 싶습니다. 교실에서 늘 마주쳐야 하는 천방지축의 아이들, 그 어린 벗들을 바라보는 시선이 참 넉넉합니다. 예전 시집에 실린 시 중에 교실에서 떠드는 아이들을 보며 그냥 떠드는 게 아니라 뿌리를 내리는 중이라고(≪떠드는 게 아니다≫) 말하는 걸 보고, 천상 교사이자 천상 시인일 수밖에 없겠다는 생각을 한 적이 있습니다.

화분을 네 번이나 부수고도 눈도 꿈쩍 안 하는 아이들(≪눈도 꿈쩍 안 하네≫) 앞에서 교사는 어떤 표정을 짓고 어떤 말을 해야 할까요?

중학교 1학년 아이들
돌 던지면 조용하다가
돌아서면 와글거리는
무논의 개구립니다.

이러다간 안 되겠어
버릇을 고쳐야지
독하게 맘먹고
피곤한 수업 마감합니다.

다음 날 아침
햇살 가득한 교실은
싱싱한 물비늘 번득이는 바다.

그 속에 헤엄치는 아이들 보면

내 결심

줏대도 없이 무너집니다.

그만 등이 간지러워집니다.

-〈줏대도 없이〉전문

이응인 시인은 줏대 없는 교사입니다. 하지만 아이들 앞에서 줏대를 세워본들 무슨 영광과 환희가 찾아오겠습니까? '줏대도 없이 무너'진 채 그냥 아이들에게 마음 곁을 내주고 씩 웃어 주는 시인의 모습을 상상하는 건 참 즐거운 일입니다. 물론 교실 안에서 치러야 하는 일상은 무척이나 괴롭고 피곤한 시간의 연속이겠지만 말입니다. 때로는 지겹고 때로는 짜증 나는 시간의 반복을 견뎌 내는 일, 그 어디쯤에 교육의 본질이 자리 잡고 있을 겁니다. 가령 다음과 같은 시를 통해 교사와 학교가 서 있어야 할 자리를 가늠해 볼 수 있지 않을까요?

지각 안 하고

공부 잘하고

용돈 아껴 쓰는

그런 아이들만 있다면

청소 잘하고

예의 바르고

욕 안 하고

싸움도 안 하는

그런 아이들만 있다면

학교는 뭘 해야 하나?

―〈쓸데없는 걱정〉 전문

교사는 품어 주는 존재입니다. 청소 도망가고, 예의 없고, 욕하고, 싸움을 일삼는 아이들까지 품어 줄 때 교사와 학교는 존재 가치를 인정받을 수 있습니다. 교육은 빠르고 쉬운 길이 아니라 느리고 답답하더라도 가장 어려운 길을 찾아 나서는 마음자리에서 시작합니다. 그러한 마음자리가 있어, 학습 부진아 오석이가 책을 읽을 때 '누에가 명주실 뽑듯/입에서 스멀스멀 살아 빛나는'(《빛나는 볼따구니》) 볼따구니를 볼 수 있는 거겠지요. '학교가 갑갑하다고 소리치는 아이/시키는 대로 하는 기계가 아니라고 대드는 아이/교과서가 왜 이리 지긋지긋하냐고/구겨 버리는' '발랑 까진 아이가/좋다'(《고백》)고 말할 수 있는 거겠지요.

5. 다시 밀양!

아마도 이응인 시인은 변방이라 일컬어지는 밀양 땅을 오래도록 벗어나기 힘들 겁니다. 함께 시를 쓰는 고증식 시인을 비롯한 밀양문학회의 문우들과 조향미 시인, 그리고 교직을 떠났으나 여전히 진정한 가르침과 배움의 길에 대해 고민하며 실천하는 이계삼 선생이 가까이 있으니 크게 외롭지는 않겠지요. 무엇보다 '할부금 걱정도 없이/찌르르 자글자글 노래를 부르'(《찌르레기 부부》)는 찌르레기 부부가 있고, 무더운 날 들에 나가시면서도 "어데 내만 덥나?/맨 다 덥제."(《어데 나만 덥나?》)라고 말하는 진짜 어르신 부북 할배가 살고, '도무지 돌아갈 생각도 않다가/기어이 서편 하늘에 불을 지르고야/집으로 향하는 아이들'(《푸른 아이들》)과 더불어 있으니 어쩌면 행복한 삶을 살고 있다고 말할 수도 있겠습니다. 그럼에도 시인은 가끔씩 자신의 존재가 흔들리고 있음을 느낍니다.

그런데 그런데 나는 흔들리고 있다. 북녘 동포들이 굶주림에 허덕이고 있는데, 어린아이들이 죽어 간다는데, 같은 겨레끼리 한 끼 옥수수 죽이라도 먹게 해 주자는데, 이렇게 말하는 사람이 수상해지는 나라에 살면서, 솔직히 나는 흔들리고 있다.

— 《솔직히 나는 흔들리고 있다》 부분

빨갱이라는 낙인과 종북몰이가 일상이 된 나라, 핵발전을 위해 송전탑을 세운답시고 할매 할배들의 터전을 짓밟는 나라, '4대강 살리기'라는 거짓 수사를 늘어놓으며 수십조 원을 쏟아붓고 자연 생태계마저 파괴시키는 나라, 어린 학생들이 다수인 수백 명의 목숨을 차가운 바닷물에 수장시키고도 진상 규명을 외면하는 나라에 살면서 어찌 흔들리지 않을 도리가 있겠는지요. 그래서 '솔직히 나는 흔들리고 있다'라고 하는 시인의 아픈 고백을 듣는 일이 무척이나 쓸쓸하고 난감하기만 합니다. 어찌 해야 하는 걸까요? 누가 그런 시인을 위로해 줄 수 있는 걸까요? 그래도 힘내라는 말 따위는 가당치도 않은 일이고, 다만 아래 시처럼 가난과 누추를 거느리고 살면서도 온기를 잃지 않는 이웃들의 삶 속에서 스스로 힘을 얻게 되지 않을까 하는 조심스러운 짐작을 해 볼 따름입니다. 그럴 때 똑같이 흔들리고 있는 나 같은 사람들도 덩달아 조금 힘을 낼 수도 있을 테고요.

내가 좋아했던 계집애들은
고관의 부인도 못 되고
사장 사모님 소리도 못 들었네.
농사일 안팎으로 시달리다가
속울음 붉게 삼키기도 하지만
해질 무렵이면 논밭에서 돌아와
아궁이에 따뜻한 밥 안치고
마루에 환히 불 밝히네.

— 〈어두운 곳만 골라 단장면 사촌 진달래〉 전문